1913-Mai-26

VENTE
des 26 et 27 Mai 1913
HOTEL DROUOT, SALLE N° 12
A 2 HEURES

EXPOSITION PUBLIQUE
Le Dimanche 25 Mai 1913
DE 2 A 6 HEURES

Meubles Anciens et Modernes

GRAVURES

OBJETS D'ART

TAPIS, RIDEAUX, TENTURES

Appartenant à Mademoiselle B. de R.

COMMISSAIRE-PRISEUR :
Me ROBERT BIGNON
41, Rue de la Victoire

EXPERT :
M. JULES BATAILLE
57, Rue des Mathurins

IMPRIMERIE ARTISTIQUE
C. CHAUFOUR

CATALOGUE

DES

MEUBLES ANCIENS

des Epoques Louis XV et Louis XVI

Nombreuses Gravures en noir et en couleurs, encadrées

PENDULES, BRONZES D'AMEUBLEMENT

MEUBLES MODERNES

à l'état de neuf

OBJETS D'ART

Tentures, Rideaux, Tapis d'Orient

DONT LA VENTE POUR CAUSE DE DÉPART DE

MADEMOISELLE B. DE R.

AURA LIEU

HOTEL DROUOT — SALLE N° 12

Les Lundi 26 et Mardi 27 Mai 1913

A DEUX HEURES

M° ROBERT BIGNON
COMMISSAIRE-PRISEUR
41, Rue de la Victoire

M. JULES BATAILLE
EXPERT
57, Rue des Mathurins

EXPOSITION PUBLIQUE :

Le Dimanche 25 Mai 1913, de deux heures à six heures

CONDITIONS DE LA VENTE

La vente sera faite expressément au comptant.

Les acquéreurs paieront 10 o/o en sus des enchères.

L'exposition mettant le public à même de se rendre compte de l'état des objets, il ne sera admis aucune réclamation une fois l'adjudication prononcée.

DÉSIGNATION

GRAVURES, AQUARELLES
TABLEAUX

1 — Deux photo-gravures; paysages, encadrés.

2 — Une photo-gravure; paysage encadré.

3 — Deux photo-gravures, paysages flamands encadrés.

4 — Trois photographies, sous verres, encadrées.

5 — Une photographie artistique encadrée : *Canal en Hollande.*

6 — Trois gravures d'après les cartons de Lebrun.
Cadres en chêne.

7 — *Louis XVI* et *Marie-Antoinette.*
Cadres dorés ; époque Empire.

8-11 — *L'Amour désarmé.*
La tendre mère.
Solitude.
Le Triomphe de Minette.
Visite à la nourrice.
Lucas et Babet, etc., etc.
12 petites épreuves en couleur (sera divisé).

12 — *The happy ressemblance* et *La Réflexion.*

Deux épreuves en couleur, cadres dorés.

13 — *Jeux d'enfant.*

Deux épreuves en couleur, passe-partout et cadres dorés.

14 — MAUCLER (D'après CHALLE). *Quand l'Hymen dort, l'Amour veille.*

Epreuve en couleur.

15 — *L'Amant écouté*, à Paris chez Bonnet.

Epreuve en couleur, passe-partout et cadre Louis XVI doré.

16 — *La Lecture du compliment.*

Passe-partout et cadre doré.

17 — BAZIN. *Sainte Cécile.*

Passe-partout et cadre doré.

18 — BERGHEM. *Embarquement de vivres.*

Passe-partout et cadre en palissandre à filets.

19 — BONNEFOY (D'après J. REYNOLDS). *Countess Spincer.*

Passe-partout et cadre Louis XVI doré.

20 — BOUCHER (D'après). Tête de femme, crayon de couleur.

Passe-partout et cadre doré.

21 — BOUCHER (D'après). Tête de femme, crayon de couleur.

Passe-partout et cadre doré.

22 — CAZENAVE (D'après BOILLY). *L'Optique.*

Epreuve en couleur. Passe-partout genre ancien, cadre doré.

23 — COCHIN (D'après). *Frontispice des Confessions.*

Passe-partout et cadre doré.

24 — C.-N. COCHIN (D'après LANCRET). *Le Jeu de Colin-Maillard.*

Passe-partout et cadre Louis XV doré.

25 — DEBUCOURT. *Le Menuet de la Mariée.*

Epreuve en couleur. Passe-partout et cadre Louis XVI doré.

26 — DEBUCOURT. *La Noce au Château.*

Passe-partout et cadre Louis XVI doré.

27 — DE LAUNAY (D'après FRAGONARD). *L'Heureuse fécondité.*

Passe-partout genre ancien, cadre bois sculpté doré.

28 — DE LAUNAY (D'après LAWREINCE).

Le Billet doux.

Qu'en dit l'Abbé.

Passe-partout genre ancien et cadres dorés Louis XVI.

29 — DEMARTEAU (D'après BOUCHER). *La Lecture.*

Epreuve en couleur. Passe-partout et cadre doré.

30 — DESCOURTIS (D'après HENTZI). *Sophie Wilhelmine de Prusse.*

Epreuve en couleur. Passe-partout et cadre doré.

31 — DULAS (D'après BOYER). *La Confidence.*

Passe-partout et cadre doré.

32 — K. DU JARDIN (D'après). *Le Danseur.*

Gravure.

33 — FRAGONARD (D'après). *La Réprimande.*

Epreuve en couleur. Passe-partout et cadre doré.

34 — GREEN HEADE (D'après HOPPNER). *Miss Stanton.*

Epreuve en couleur.

35 — INGOUF (D'après COCHIN). *Discours sur les sciences.*

Passe-partout et cadre doré.

36 — JACQUET (D'après FRAGONARD). *Le Billet doux.*

Epreuve en couleur, signée. Passe-partout et cadre doré.

37 — JANINET (D'après LAWREINCE). *Le Petit Conseil.*

Epreuve en couleur. Passe-partout et cadre doré Louis XVI.

38 — JANINET (D'après). *Ah! le joli petit chien.*

Epreuve en couleur. Passe-partout et cadre doré Louis XVI.

39 — JOHN JONES (D'après J. REYNOLDS). *Lady Caroline Price.*

Epreuve en couleur. Passe-partout et cadre doré.

40 — JOHN JONES (D'après BIGG). *Dulce Domum or the return from School.*

Epreuve en couleur. Passe-partout et cadre doré Louis XVI.

41 — J.-P. LEBAS (D'après LANCRET). *Le Repas italien.*

Passe-partout et cadre doré Louis XV.

42 — LEBRUN (D'après). *Défaite de l'Armée espagnole, près le canal de Bruges.*

Cadre chêne.

43 — MOREAU-LE-JEUNE (D'après BAUDOUIN). *Le Coucher de la mariée.*

Passe-partout et cadre doré Louis XVI.

44 — NUTTER (D'après SMITH). *The Moralist.*

Epreuve en couleur. Passe-partout et cadre doré.

45 — OZANNE. *Le Port de Brest.*

Passe-Partout et cadre en palissandre.

46 — OZANNE. *Le Port de Lorient* et *Le port de Bayonne.*

Passe-partout et cadres en palissandre marqueté.

47 — SCOTIN (D'après A. WATTEAU). *Les Plaisirs du bal.*

Passe-partout et cadre doré Louis XV.

48 — SHIRWIN (D'après J. REYNOLDS). *Roxalana.*

Epreuve en couleur. Passe-partout et cadre doré Louis XVI.

49 — SMITH. *The promenade ot Carlisle House.*

Epreuve en couleur. Passe-partout et cadre doré Louis XVI.

50 — THOMAS (D'après COCHIN). *Frontispice du Dictionnaire de Musique.*

Passe-partout et cadre doré.

51 — Paysage. (Par WAGREZ).

Cadre doré.

52 — Paysage en forêt. (Par WAGREZ).

Cadre doré.

53 — Aquarelle représentant un groupe : *L'Enfant Jésus et les anges.*

Cadre bois sculpté doré.

53 *bis*. — Peinture nature morte : Coupe de raisins et grenades, à côté d'un vase en terre vernissée du Midi.

FAIENCES, PORCELAINES
OBJETS DIVERS

54 — Paire de potiches en faience de Delft à décor bleu.

55 — Paire de potiches couvertes, en faience de Delft, décor bleu.

56 — Lampe au Luzol, montée sur vase en porcelaine de Chine, à décor de fleurs de pêcher sur fond bleu truité; abat-jour assorti.

57 — Perroquet en faience supportant une lampe électrique avec son abat-jour.

58 — Paire de petits vases en faience décorée, genre Delft.

59 — Deux vases cornets en faience de Delft à décors bleu sur fond blanc.

60 — Statuette de chinoise sur base en bronze doré de style Louis XV. Elle soutient une lampe électrique avec son abat-jour.

61 — Deux statuettes de chinoises sur des bases en bronze doré. Chacune d'elle soutenant une lampe électrique avec abat-jour.

62 — Groupe en biscuit : *L'Amour aveugle.*

63 — Petit groupe en biscuit : *Enfants jouant avec une chèvre.*

64 — Vase sur piédouche, en verre de Venise, à ornements de serpents, griffons, etc., sur fond d'or.

65 — Carafe en verre gravé.

66 — Bouillon et son plateau en porcelaine ; décor à réserves d'oiseaux sur fond jaune.

67 — Petite soupière en faience de Strasbourg.

68 — Boîte bonbonnière, en porcelaine à décor de Sèvres, de Naudot.

69 — Quatre petits oiseaux sur troncs d'arbres, porcelaine de Saxe.

70 — Deux socles en céramique chinoise à dessins de pagodes.

Hauteur :

71 — Cache-pot en grés flambé par Delmant.

72 — Petit classeur de bureau acajou et cuivre.

73 — Porte-épingles à colonnettes, cuivre poli.

74 — Deux vases en bronze du Japon, garniture d'émaux cloisonnés.

74 *bis* — Coupe couverte en bronze patiné dans le style de la Renaissance, ornements à têtes de femmes et fruits.

75 — Lot de serrures de style Louis XIV et Louis XVI en bronze doré.

Sera divisé.

75 *bis* — Coupe en bronze sur piédouche à patine antique, ornements de masques et feuilles de lierre.

76 — Deux vases en bronze patiné ornées de fleurs de pêcher en reliefs dans le style japonais.

76 *bis* — Paire de porte-cierges en bois sculpté et doré. Epoque Louis XIV.

77 — Lot de 9 statuettes Tanagra.

Sera divisé.

78 — Garniture de foyer en cuivre verni, 4 pièces.

79 — Buste d'homme, terre cuite.

80 — La Venus de Milo.

81 — La Victoire de Samothrace.

82 — Buste de femme.

Plâtres teintés.

83 — Pharmacie de voyage complète.

84-90 — Quantité de potiches, cache-pots, cendriers, porte-allumettes, encrier, bibelots et autres objets en faience et porcelaine diverses.

91-92 — Deux garnitures de toilette en cristal, environ 45 pièces.

93 — Un service de table en faience.

94 — Service de verrerie complet.

95 — Livres et brochures illustrées diverses : *Le Théâtre, les Arts, les Modes,* etc.

95 *bis* — Un fort lot de partitions de musique.

96 — Très fort lot d'anciens morceaux et partitions de musique, manuscrits ou gravés, du commencement du XIXe siècle.

Sera divisé.

PENDULES

97 — Pendule en bois marqueté de cuivre et écaille, ornements en bronze. Epoque Régence.

98 — Petite pendule en marbre blanc et bronze doré. Le cadran est soutenu par 4 colonnettes surmontées d'une draperie, formant console. Epoque Louis XVI.

99 — Pendule borne en citronnier marqueté. Epoque Restauration.

100 — Petite pendule cage, de style Louis XVI, en bronze ciselé et doré. Cadran signé : LEPÔTRE à Paris.

GLACES-TRUMEAUX, GLACES

101 — Glace-trumeau en bois sculpté peint blanc; orné d'une peinture représentant un berger gardant son troupeau, fond de paysage. Epoque Louis XIV.

Haut. : 1m95; Larg. : 1m20.

102 — Glace-trumeau en bois sculpté doré; ornements de moulures à volutes et feuilles de laurier posées. Peinture représentant des Amours. Epoque Louis XV.

Haut. : 0m85; Larg. : 1m90.

103 — Glace-trumeau en bois sculpté, orné d'un trophé d'instruments de musique, moulures et raies de cœur. Peinture grise réchampie, style Louis XVI.

Haut. : 1m70; Larg. : 1m25.

104 — Glace-trumeau en bois sculpté, ornements à trophé d'instruments de musique. Moulures à raies de cœur.

Haut. : 1m50; Larg. 1m05.

105 — Deux dessus de portes en bois sculpté : Attribut de musique et de l'Amour. Peinture grise réchampie.

Haut. : 0m40; Larg. : 1m.

106 — Glace-trumeau en bois sculpté, ornements à guirlandes de laurier et raies de cœur. Peinture grise réchampie.

Haut. : 1m60 ; Larg. : 1m.

107 — Petite glace avec encadrement de bois sculpté doré d'époque Louis XIV.

108 — Glace à encadrement en bois sculpté et doré sur fond gris. Epoque Régence.

109 — Glace à encadrement et fronton de style Louis XVI.

APPAREILS D'ÉCLAIRAGE

CHENÊTS, etc.

110 — Lustre plafonnier, entourage de bois sculpté doré, réflecteur en onyx.

111 — Lanterne d'antichambre en bronze doré, style Louis XV.

112 — Lanterne en fer forgé, garnie de vitraux. Style gothique.

113 — Deux petits lustres à 4 lumières, en bronze et garniture de cristaux.

114 — Deux lustres plafonniers : Coupes en albâtre soutenues par des chaînettes en bronze patiné.

115 — Paire de chenêts de style Louis XV.

116 — Paire de chenêts en bronze de style Louis XVI, ornements de volutes et pieds cannelés.

117 — Tête d'ange en bronze, supportant une ampoule électrique.

118 — Porte-parapluie de forme carrée, en cuivre.

119 — Paire de flambeaux porte-lumière à 5 branches, bronze argenté. Epoque Louis XV.

120 — Paire de flambeaux à trois branches bronze argenté. Époque Louis XV.

MEUBLES ANCIENS ET MODERNES

121 — Petit bureau de dame, acajou et bois clair ; abattant à cylindre, dessus de marbre et galerie de cuivre. Epoque Louis XVI.

122 — Grand meuble en acajou à deux corps de forme galbée. La partie inférieure forme bureau avec abattant et nombreux tiroirs, la partie supérieure vitrée, forme bibliothèque. Epoque Louis XV.

123 — Deux fauteuils en bois sculpté d'époque Louis XV, recouverts de cretonne à fleurettes.

124 — Table à jeu en bois de placage; dessus de damiers et marqueterie à filets. En partie d'époque Louis XV. Chutes et sabots en bronze doré.

125 — Petite commode à trois tiroirs en marqueterie de bois rose, acajou et palissandre, dessus de marbre. Epoque Louis XVI. Entrées en poignées en bronze doré.

126 — Deux consoles en fer forgé d'époque Louis XVI. Dessus marbre brèche.

127 — Six chaises Régence en bois sculpté recouvertes de velours d'Utrecht havane.

128 — Un buffet bas en chêne sculpté Régence, dessus de marbre, brèche.

129 — Grande table de salle à manger en noyer sculpté Régence. Les quatre pieds sont reliés par un croisillon mouluré et sculpté.

130 — Petite desserte à tablettes et deux tiroirs ; chêne ciré et dessus de marbre.

131 — Petite table rognon à tiroir et tablette d'entre-jambe, en marqueterie de bois satiné et bois de violette, sabots en bronze.

132 — Table à thé en acajou et filets de citronnier, avec plateau servant. Style anglais.

133 — Deux grandes bergères Louis XV en bois sculpté peint vert et or. Elles sont recouvertes en damas vert.

134 — Meuble de salon, composé d'un petit canapé corbeille et quatre fauteuils en bois sculpté, peinture verte rehaussée de dorure. Il est recouvert de lampas à dessins vert et crème sur fond rose. Les quatre fauteuils sont de l'époque Louis XV.

135 — Ecran Louis XV en bois sculpté peint gris et vert. Garniture de soie brochée crème sur fond vert.

136 — Fauteuil en bois sculpté d'époque Louis XV, peint vert rehaussé d'or. Il est recouvert de velours à fond vert passé.

137 — Bergére-chauffeuse Louis XV en bois sculpté peint vert et or, recouverte de velours à fond vert.

138 — Petit meuble formant bureau et table à jeux, en acajou, marqueterie et filets de cuivre. Intérieur en érable avec glace biseautée cerclée de cuivre.

139 — Petite table de chevet en noyer, époque Louis XV.

140 — Liseuse à trois étagères, en acajou et filets de cuivre surmontée d'une lampe installée pour l'électricité. Abat-jour à dessins chinois.

141 — Petite table console à quatre faces en bois sculpté peint en gris rehaussé de blanc, dessus de marbre.

142 — Coiffeuse-duchesse en acajou et bois satiné.

143 — Grand fauteuil bergère en bois sculpté, style Louis XIV. Garniture et coussin en velours bleu passé.

144 — Deux fauteuils médaillons peint gris clair et recouvert de toile de Jouy à fond rose.

145 — Lit de milieu complet, en bois sculpté de style Louis XVI. Peinture gris vert, garniture toile de Jouy, médaillons clairs sur fond rose.

146 — Commode à deux tiroirs en acajou et bois clair, dessus de marbre blanc.

147 — Petit chiffonnier à sept tiroirs acajou et bois clair, dessus marbre blanc.

148 — Table de chevet, acajou et bois clair, dessus de marbre et galerie de cuivre.

149 — Quatre chaises basses en bois laqué à hauts dossiers, foncées de paille multicolore.

150 — Chaise longue à pieds cannelés, recouverte en cretonne à fleurettes.

151 — Petite table desserte à trois tablettes, bois laqué.

152 — Psyché à trois glaces, encadrement et fronton en bois sculpté à attributs de musique et raies de cœur, peinture gris clair, style Louis XVI.

153 — Armoire à trois portes en bois sculpté, motif et raies de cœur. Les portes de côté sont grillagées, style Louis XVI.

154 — Console en bois sculpté, peinture grise rehaussée de dorure.

155 — Armoire à deux portes grillagées, en bois mouluré peint gris, style Louis XVI.

156 — Lit de milieu complet en bois sculpté, style Louis XVI. Garniture en toile de Jouy.

157 — Table de chevet en bois laqué blanc, dessus de marbre.

158 — Trois tables en bambou et dessus rotiné.

159 — Deux fauteuils en rotin, peinture verte, blanc et or.

160 — Deux tabourets en bois sculpté de style Louis XV, couverture de brocatelle.

161 — Une petite armoire d'applique art nouveau.

162 — Petite étagère en bois laqué, à six cartons.

163 — Lit de style Louis XVI en bois sculpté peint gris. Garniture de toile de Jouy.

164 — Table de chevet en bois laqué blanc, dessus de marbre.

165 — Commode à deux tiroirs en bois laqué blanc.

166 — Grande armoire à deux portes en noyer vernis, entrées et fiches en fer forgé. XVIIIe siècle.

167 — Grand lit de repos Louis XV, bois sculpté de moulures et rocailles, peinture gris bleuté, rehaussée de dorure. Il est garni de coussins et rouleaux, recouverts de velours vert passé.

168 — Armoire à deux portes en pitchpin.

169 — Table de toilette en pitchpin.

170 — Table de nuit en pitchpin dessus de marbre blanc.

171 — Grand coffre en bois de canfrier.

172 — Table ronde en bambou rotiné, tablette d'entre-jambe.

173 — Deux petits cache-pots en palissandre et bois clair, ornements de bronzes dorés, style Louis XVI.

174-175 — Meubles non catalogués.

RIDEAUX, TENTURES

176 — Quatre grands rideaux en soie crème, ornés d'effilé assortis.

177 — Quatre grands rideaux en soie framboise, ornés d'effilé assortis.

178 — Deux rideaux en satin de Chine à fond crème, brodés de fleurs et d'oiseaux.

179 — Deux grands rideaux en brocatelle verte, à dessins Louis XIV.

180 — Deux grands rideaux en velours d'Utrecht, à dessins de fleurs sur fond vert passé.

181 — Garniture de lit comprenant : Deux grands rideaux, un fond de lit, un dessus de lit, un ciel, en toile de Jouy, médaillons crème sur fond rose.

182 — Deux grands rideaux de fenêtres assortis.

183 — Deux grands rideaux en toile de Jouy, à dessins de fleurs et rayures sur fond crème. Dessus de lit assortis.

184 — Deux grands rideaux en toile de Jouy, à dessins de paysages et animaux, rouge sur fond crème.

185 — Un dessus de lit en toile de Jouy, à dessins de paysage et animaux, rouge sur fond crème. Allant avec les rideaux.

186 — Un dessus de piano en moire crème, à ornements de soie vert clair et paillettes dorées.

187 — Un autre dessus de piano en moire crème, à ornements de soie vert clair et paillettes dorées.

188 — Deux grands stores en toile brodée à jour.

189 — Grand dessus de piano en satin de Chine bouton d'or, brodé de guirlandes de roses et fleurs de pêcher; il est garni large d'éffilé, assorti.

190 — Un dessus de lit en filet et tapisserie.

191 — Un lot de rideaux et brise-bise en tussor.

192 — Trois coussins divers en broderie, dentelle de filet et soie brochée.

193-195 — Lot de couvertures en laine, couvre-lits et couvre-pieds en satin, etc.

Sera divisé.

196 — Deux coussins de pieds en tapisserie ancienne.

197-198 — Six tabourets de pieds en moquette à fleurs.

TAPIS, CARPETTES, MOQUETTES

199 — Grande carpette, genre Smyrne, à dessin vert et bleu sur fond rouge.

Long. 3 m. Larg. 2 m.

200 — Grande carpette à dessin persan, vert et bleu sur fond saumon.

Long. 3 m. Larg. 2 m.

201 — Très fine et grande carpette orientale à dessin persan bleu, jaune et fauve sur fond crème.

Long. $3^{m}24$. Larg. $2^{m}17$

202 — Carpette orientale à dessin persan rouge, bleu et jaune sur fond bleu.

Long. 1m85. Larg. 1m05

203 — Carpette orientale à motifs géométriques, en vert, bleu et rouge sur fond noir.

Long. 2m20. Larg. 1m15

204 — Carpette orientale à haute laine, dessins symétriques verts, marrons et bleus sur fond rouge. Bordure claire.

Long. 2m50. Larg. 1m10

204 — Carpette orientale à bouquets, palmettes et dessins géométriques verts, bleus et rouges sur fond rose.

Long. 2m20. Larg. 1m20

206 — Carpette orientale à dessin de tombeau, rouge, bleu et blanc sur fond vert.

Long. 1m40. Larg. 0m95

207 — Carpette orientale à dessins stylisés jaunes et violet sur fond rose; bordure jaune et rouge.

Long. 1m60. Larg. 1 m.

208 — Tapis à haute laine à dessin de tombeau, rouge sur fond violet.

Long. 1m70. Larg. 0m90

209 — Descente de lit en peau de chèvre.

Long. 1m35. Larg. 0m95

210 — Environ 200 mètres de moquette couleur fauve.

Sera divisé.

211 — Escabeaux, petits bancs, etc.

212-220 — Objets non catalogués.

www.ingramcontent.com/pod-product-compliance
Ingram Content Group UK Ltd.
Pitfield, Milton Keynes, MK11 3LW, UK
UKHW021037260726
13994UKWH00005B/2206

9 782329 462080